ねむれぬ蛇

樋田 由美

目次

冬の日に

暮れてゆく冬のキャンバス一筋の飛行機雲は似合い過ぎてる

そと目には静かに見える青空も数多持ってる嵐の卵

忘れたい思いを抱えていつの日も人は明日を求めて生きる

冷たさが触れずもわかるこの色は私の心の底を彩る
湧きあがる不安な思いを押さえつけテレビの笑いで誤魔化している
冬枯れの庭に咲いてる赤い薔薇いやな事など忘れてしまおう

からからと今朝の落葉はあっさりと箒《ほうき》の先の誘導にのる

赤き血を手にとりじっと眺むればこれが我が身を巡っていたもの

草に泣き花に憂いて動かずばいつしかあたりはぬばたまの闇

光熱費合わせて見直ししましょうと電話口からやさしげな声

繰り返す変わらぬ日々に安堵でも新しい風どこかで待ってる

三冊の手帳を求む　各々の用途によって色を違えて

時雨きた空を見ながら駆け出せば雨のマントを羽織ってしまえり

君の香はいつしか私の香となって転がっている赤い鉛筆

雨の日も歌ってみようマイウェイを呈《あき》れる程に気持ちいいから

眠ったか起きているかはわからねど「ほっといてよ」とハシビロコウは

「健全な精神なんてなんなのさ」斜《はす》にかまえた誰かの言葉

ぱったりと風が止んだ日団栗《どんぐり》に目鼻を描いて帽子を被せ

思い切り吐いた言葉が冬の陽とコンクリートにぶつかり消えた

絵皿から溢れる程の紅色でポインセチアを描いてみたい

避難経路図

病院の鳥の子色の天井を見上げる僕はベッドの子猫

確める避難経路図本当は君のとこまで駆けてゆきたい

採血をしに来た看護師《ナース》が悩んでるごめんね僕の血管細くて

カーテンで区切られている四人部屋こっそり聞こえる咳払いなど

「どうしよう」窓いっぱいに拡って静かに凪る冬の海見る

とりあえず今の僕にも出来る事自分の病院食の配膳

廊下にはクリスマスツリー輝いて此処が何処だか忘れてしまう

近頃は冷蔵庫とかテレビまで完備されてるここは病院

落ち着けば聞こえなかった騒響《ざわめき》が少し聞こえた「なんとかなるさ」

携帯をマナーモードにしたけれど君から僕へ掛けてくれるか

僕の名が刻印されたこの白いリストバンドがパスポートだな

手術さえ無ければ此処は穏やかで暮らしのしやすい僕のお城さ

ゆっくりと時間が流れるこの部屋で師走を過ごす僕の功罪

難解な政治の話を言われても今の僕にはどうでもいい事

コチコチと時計が僕を見詰めてるお前も一人かぼくもひとりだ

いましがた僕の身体のその上でひとつの戦が始まり終った

点滴と僕の心臓《ハート》が同じよなリズムで言った　「お元気ですか」

眠ってた僕の身体の細胞が欠伸をしながら起き出して来た

朝焼けがどーんと大きく広がって海も煌々輝いている

「回復が早いですね」と医師の言う少し嬉しい花いちもんめ

僕の詫び状

忘れられて箪笥の奥に眠りたる誰に書いたか僕の詫び状

白鳥に遂になりにし益荒男《ますらお》も転生すれば令和の若者

過ぎゆけばコロナの時季と言われるや　老いも若きも混迷の今

年古りた皿を軽きに買い替えてほんの少うし心ほどけて

しとしとと雪解の音に木々の闇おおつもごりにひんやり歩く

あわれ僕はただちいさくて彷徨える心貧しい哀しき獣

手作りのピンクのマスクの幼女《おさなめ》が初めて会った僕に手を振る

貝の中睡《ねむ》れる僕は夢を見たオーロラの下白き蛇（くちなわ）

今までの積み上げたもの目の前で風化してゆくガラスの向こう

神社にて引いた神籤《みくじ》は小吉で（凶ではないさ）と寒椿揺る

毎年の君の雑煮は変わらずにほんのり僕の心を包む

ぺーぺーの言葉の由来は平安と知れば何やら親しきへ・い・あ・ん

温かき缶の汁粉を飲みながら頼まれている原稿を書く

死の自由僕にもあるさと反芻《はんすう》す　二十の夏の霧の囁き

剥製の駱駝《らくだ》の背には煌めける砂漠の夕陽のかけらが刺さる

冬の海投網の漁師は恋をした可愛い人魚にまた会いたくて

吊るされし僕の背広は後ろ向き（必要ないね）と知らん顔する

あまびえが年賀状にてやって来た思わず口元緩んでしまった

今はまだ自粛自粛の日々だけどコロナなどには負けたくはない

白梅の蕾は未だ固くして睦月の空に白鷺の飛ぶ

祖母のポポ

ポポの実が昔は生《な》った大きな実あれは祖父母が元気でいた頃

北米の果物なのに何故かしら祖母が気に入り植えたものらし

ポポの木にどんな思い出秘そめしや　聞きたき人はとうに召されて

大きくて黄金《こがね》の果肉を頬張ったまだ覚えてるポポの実の味
ものの無い時代にポポは我が家にも卵10個の栄養をくれ
ポポの実が熟する時を鳥も待ち生存競争ここでもあった

祖母小二祖父中三の時に逝き忘るるように足が遠のく

いつかしら祖父母の畑など忘れゆきポポの実食べる事もなくなる

生るとこを久しく見ないポポの実も夏には青き葉を繁らして

二段畑、うえの縁《ふち》には茶の木あり夏には新芽を摘んだのだろう

一度だけ茶の木の若芽を母と摘み新茶を飲んだ昭和の頃に

渋柿はもう無いけれどわずかだが茶の木は残り令和となった

「強情なところは祖母にそっくり」と母は常々私に言いき

あの人は父方の祖母、性格はたぶん似ている隔世遺伝

背を丸め和裁をしてた近ずくと（来ては駄目だ）と手を振り否む

葉が繁り光の入らぬ畑となる　他人の手やはり借りねばならぬ

人からは（桜切る馬鹿）と言われても切らねばならぬさくらの古木

伐採を業者に頼み切りおれば光差し込む畑となりおり

この畑で生まれた虫も多くいて紫蘇の葉裏に蝉の抜け殻

夏さらば山椒の実を漬け秋されば紫蘇の実を漬く　夫の手作り

あかねさす

厚紙を等高線で切り抜いて　さあ僕だけの日本列島

古文書で埋もれてしまったこの部屋を何とかしなきゃ明日君が来る

解ってる僕にとっては宝物、君にとってはただ護美《ごみ》の山

春蘭は花も咲かずに芽も出ずに醒めない夢を見続けている

曇天にふわりと浮いた熱気球僕の心も空中散歩

古《いにしえ》の人が旅したこの国はどんな色してどんな声した

川原から夕べ拾った石塊は稀《まれ》に無骨で手に馴染むんだ

気の弱き兄が秘かに夢見てた小さな瀑布《たき》の裏に住む事

石段を登れば小高い丘の上古びた小さな神社が待てり

すれ違う人にも今は気を遣《つか》う皆がそんなオーラを放つ

土砂降りが晴れた朝《あした》はそれだけで何かを空に許された気して

茶店にて君が頼んだミートスパ、鉄板の縁麺が焦げゆく

「キャンバスに鴨の羽色の海を描け」頭の中のベン・ハーが言う

団子虫はそれだけでいい決められた役割がある病葉（わくらば）のうえ

目に見えぬ物にこんなに支配され蝕《むしば》まれゆく我は何物

神様のいびつな篩《ふるい》に掛けられて丸い地球でパンケーキ食む

檻《おり》の中一羽の孔雀が羽根ひろげ子猿が貰った辣韮《らっきょう》をむく

満開の月下美人を集めてる夜道が怖く淋しくないよう

古ぼけた麦藁帽子を被せられ困っているよな道祖神の顔

反りかえる太鼓石橋忘れられ森の深部の小さな川で

四本のピンクの薔薇を君の為花屋で求め今帰り道

唇を隠して過ぎる人の波（マスクがいらない世界が欲しい）

人が皆無表情で歩くなかウーバーイーツは元気よく行く

裏街の袋小路の乾物屋　吊るされている僕の夢達

さみどりの器によそった伊勢うどん卵黄ひとつ僕はいれたい

触れ合いが制限される世の中であなたを恋しく思う夜もある

若きより（私なんか）と言い暮らし（負けるもんか）で今六十八

「今はただやれる事をするだけよ、恨んでみても仕方無いから」

言い負けて君の写真に髭《ひげ》を描く（うちの女房にゃ〜）ハミングしつつ

二人して散歩をしようあかねさす陽を浴びながら笑みを浮かべて

ラピュタパン

一枚の紙に生まれしこの僕は君の呼吸を受け取めるだけ

廃線が決まってしまった線路にも夏の陽が差し光を放つ

美味そうなクッキー口に頬張れば君の飼ってる猫の御飯で

牛乳とサラダと君の定番はむかし流行ったあのラピュタパン

街角で祈らせてくださいと言われ祈ってもらったひと昔前

見上げてる空は昨日より青いかい?ひとりぼっちの車椅子の歌

笑いながら君が食べてるドーナツは宇宙の秘密を知ってるらしい

何気ない温もりがただ嬉しくて優しく肩を抱ける人よ

後悔を別にしたっていいんだよ……だけど本当はしたくないんだ

スクリーンにアップにされた銃口が此方を見てる……俺じゃないよね

使い方解らないまま百均のグッズを買って途方に暮れる

ぬばたまの闇を母為す僕と住む勝ち気な君はゼウスの娘

掃除機を持ってる君が吸い込んだ僕の忘れたガラスの記憶

バッカスに貰った小さな無花果は夏の御空《みそら》に羽ばたく小鳥

ラピスラズリ・中天を突く踊り子の足首に咲く青い花びら

いつもならいつもならとつい考える医師じゃなく議員でもない僕は
（人はみな我儘《わがまま》だ）と言う歌謡曲口遊《ずさ》みつつ写真の整理
七人の小人が住んでる絵筆から今日も聞こえるラップのリズム

「なれるなら夕焼け空の鳶《とんび》かな」飛ぶ真似をして君は頬染む

あかねさす光のようになりたくて小犬が一匹鳥居に吠える

信号のボタンを押せばその刹那《せつな》僕の中から音が消えゆく

公園をそぞろに歩けばチェンソーの音が聞こえる（愛ある政治を）

時々は砂糖壷から取り出した優しい言葉を捨てたくなって

どうしても捨てられなくて困る物あの娘が描いた僕の似顔絵

糸切れた糸電話だけ手に持ってエベレストの山登ってみよう

唐突に来たのではない途中から知っていたよね吊り橋の傷

泡沫《うたかた》の夢の蕾が眠る森　シモオヌ踏める落葉が積もる

生き物のように嘆けるこの落葉、我が靴底に踏みしだかれて

冷たくて堅くて重く割れやすい陶器で造った耳栓とマスク

夕風に吹かれて歩く君と僕田んぼの薊《あざみ》はきみの妹

生きていてサバンナとかには行かないが地平に沈む夕日は見たい

腰かがめ名刺を渡してくれる人僕のは無くて笑顔を返す

ぱらぱらと本屋でめくった古文書に挟んであった黄ばんだ恋文

細蟹《ささがに》の蜘蛛の糸で編んである君に着せたいウェディングドレス

「立ち向かえ」そう書いてあるポスターを横目で見ながら食むカツサンド

どれくらい僕は此処に立っている?·風が冷たいあかずの踏切

あかあかと半裸のピカソを愛でながらイマジンを聞く人魚の一日《ひとひ》

泣いている道化師《ピエロ》の絵を見て思わずに閉じてしまった扉は白く

天国と地獄に備わる長い箸僕の心も試されている

どうしても野菜嫌いの僕の為君が薦める苦い青汁

通勤で通り過ぎてたパチンコ屋、人気《ひとけ》も無くて閉店の紙

宿り木のグリーンボールを啄んだ小鳥は君の影と同化す

駄目な事解ってるから騙そうとしているんだろ自分自身を

雨垂れはいつまで続くコロナコロコロコロコロナこの地球《テラ》を打つ

吾《われ》亦紅《もこう》色濃く揺るる山道はなだらかなれど踏みしめて行く

恕《ゆる》されて私は此処に今の世に立っているのとYou maked smile（君は笑った）
焼きたてのフランスパンとコップ持ち歩ける街の風は優しく
煌ける光の中でケンケンパやってるお下げの女の子　いいね

雨の中墓石の字に住む蝸牛《まいまい》は「お前は何がしたいのか」と訊《き》く
ひとつだけ解ってる事　本当に僕は君だけ愛しているんだ

あらざらむ

あらざらむ否あらざらむ　うつせみの人の世の彩《いろ》我は恋しき

溶けかけた氷のうへを進みゆく心もとなき毎日を積む

無心なる幼き人はいと嬉し歓声聞きつつそぞろ歩けば

あらたまの年が明けてもコロナとふ憎々しきもの居座りており

出来る事ひとつひとつが無くなりて手足縛らる心地ぞ哀し

コロナ禍で大量死者もめじろ等は庭の蜜柑を啄んでおり

うるはしきかぐやのおはす月にさへ行く今の世を神はいかるや

欲望の無き人はあらじ　穏やかに暮らす事さへさやうといふなら

流れゆく雲をあてなく見詰むれば人とはなんと小さな存在

大空の埃《ほこり》のやうな人間が原子の火を持ち地球を殺す

罪深き埃のやうな人間も神に勝れる愛持つといふ

たまゆらに差し込むやうな朗報もすぐ崩れゆくコロナ禍の日々

俯ひて暗き気持ちで過ごすより先ずは明るき色を纏《まと》わん

とこしへに回り続ける独楽《こま》はなしコロナも滅びる――ほろびろとおもふ

雪のなか冬のてふてふ飛び交いて夢に溶けゆく七草の夜

深みゆく夜のしじまに救急のサイレン響きとほり過ぎゆく

あやまちて尚あやまちて人は生く　睦月の凍れる月は傾く

去りゆきし人の面影優しくて花となりゆく（過ぎた事ゆえ）

冬の日にのみどをとほる冷水は身は凍れども理性はかへる

連なれる老ひた冬木は夢を見る　春のひかりに駆けゆく童

黙食の壁のポスター居酒屋でディスタンスとる我を見つむる

飛ぶならば青き翼が欲しきものあをぞらのなか溶けてたゆたふ

モナリザの誕生日とはいつならむカツオノエボシのすなほな疑問

冬の海白き泡立ちやるせなきおもひつのれどなすすべもなし

ヤマアラシのジレンマを持ち人と逢ふ・せつなひ・こはひ・かなしひ・さみしひ

木蓮は葉をみな散らして白く立つ曇天のなか蕾抱へて

マスクしてすれ違いゆくたれの目も異邦人めき　きっと我もだ

うからより箱にて貰ひし薩摩芋やきいもにして心も温し

夜ひと夜に降り続いてゐたこの雨も今朝は上れりみなあらはれて

春さればまずは恋しき夢の跡人にこひしておのれに恋せよ

成る・ナル・なると

なんでかな心がザワザワいっている怖がる事はもう何もない

忘れ物ひとつしたならひとつぶん心が軽く成る・ナル・なると

水道のレバーを引いて流してる転んだ膝の血と砂となにか

パプリカは黄色が美味いもう一個クロワッサンとコーンスープと

絵筆から涙がひとすじ流れてるそのままザンブと寒中水泳

丘の上抹茶ソフトが歯に染みる（もうそろそろか診察予定日）

スーパーの横にどかんと建っちゃった大きな病院まわりは田圃《たんぼ》
物陰でこっそり咲いてた石蕗《つわぶき》は夢の中では女の子です
目の前に積まれてあった時刻表貰ってしまった乗らないバスの

ひとすくいバニラアイスは冬の味熱い珈琲白い花びら

指先についたクリーム舐めながら「森のくまさん」…あれは妖精

漆黒の皇帝ダリアが僕に言う「そろそろあたし飛び立っていい？」

眠らない体だけ持ち灰色のストーンヘンジに溶けて一日

画面から溢れ出してる海水がスライムになる未来のテレビ

鞦韆《ぶらんこ》も乗せる誰かを選ぶだろう大人の僕より少女のほうが

今日の日はどうも朝からさんざんだエレベーターはストライキだし

溶けてゆく命の支えの流氷が　No way out（おいつめられて）笑うしかない

硬すぎるフランスパンを食いちぎり溜息をつくその時が好き

昼下がりギロを鳴らして少年は踊りつづける　小犬が見てる

開いてない　太陽の塔に地下がある過去と現在未来の世界

月蝕《げっしょく》に喰われてしまった僕の夢髑髏《どくろ》になって山の向こうに

夕間暮れ一羽の鳶《とんび》が舟になり海を漂うただあてもなく

とりあえず駅の時計は真昼間で君は家から黒き翼を

砂浜を掘ってみたならお湯が出たもっと掘ったら「オーイ」の声が

長いながい夢を見ている「もういいかい？まあだだよ」と冬の春蘭

濡れているアスファルトから立ち昇る光の子供はネオンと踊る

真夜中に君と見上げた・手を握り・空と歌声・そして水底

ししむらを高く大きくあげながら若者はゆく白タスキかけ

素直にはなれそうもない・自信ない・膝が震える・軋《きし》む吊橋

踏み出した足がとっても気持ちいい　僕はこのまま真直ぐに行く

when spring comes

春されば三本渡れる横木より人が覗きてのたりと日は過ぐ

ぬめぬめと黒光りするアスファルトその瞳に映るシャドーは誰《た》そ……あ

ロケットは午前零時に飛び立った金平糖と蝋燭《ろうそく》を積み

水滴のしたたる音が僕を呼ぶ・何かが始まる・小犬が吠える
何気ないテレビの会話に腹が立つ……こんなに心が荒《すさ》んでいたのか
転寝《うたたね》をしていた僕に君がそと掛けてくれてたリラックマ毛布

引き出しにまだ残ってた椎茸茶心と身体がフーフー温い

暮露暮露《ぼろぼろ》のジャイアントケルプは夢を見る（ヒトデに喰われるウニの大群）

紙媒体《かみばいたい》無くなっなら何処に住む?・本の文字として生きてる僕は

あの角を曲がったならば歌おうか「さよなら△《さんかく》また来て□《しかく》」

気の弱き鵯《ひよ》もたまには居るもので小窓に留まりて目白を見詰む

倉庫から伸びてる影が空を呑み　隣のどら猫よろしく寝てる

洞穴を降りていったら大刀魚が澄ました顔して林になってた

振り返える、雑踏の中また歩く（誰かに呼ばれた?呼ばれたかった?）

折り鶴の羽の裏面に描かれてる未来の僕の魔法のお城

迷路など巨人になれば一跨《またぎ》　食事の時は小さくなろう

洗面器一杯の水これだけだ　君ならこれをどう使うのか?

空を飛ぶ事を忘れたわけじゃない、見えないけれど翼はあるよ

靴先についてるままの濡れ落ち葉春がもうすぐ基処《そこ》にあるのに

電話にて中止のむねを伝えられ×が増えゆくスケジュール表

ぬばたまの闇のなかでは僕は王、黒曜石のような翼の

軌道からはずれなければこの切符使えるんだね……さあどうしよう

積み上げた小石を崩す鬼がいる　今つんでいるのは誰の為？

夕映えは忘れたすべてがある世界　二十の僕があそこで笑う

ねむれぬ蛇

頭《ず》の中で妖怪たちが踊ってる　僕の十字架アンクレットつけ

（誰もいない運転席から手が出てる）呪われた午後に観ている映画

ひと言もいわずに君が差し出したロールケーキと温かいTea

いつの世も新支配者は出るもので和をもたらすや、戦を起こすや
埋ってる仁王を彫ろう優しげな面《おもて》がいいな、令和の仁王だ
零《こぼ》れてく僕が君もがボロボロと　一笑懸命月に掴《つか》まる

石垣のひとつひとつが声をあげ歩き出すからお城が泣いた

サイモンとガーファンクルがいた世界　特急列車が通り過ぎゆく

錆びかけたギターの弦を触ってるこれを置いとくスペースが無い

透き通る自分の体が悲しくて空を見上げる蝋梅《ろうばい》の花

クッションに挟まっているホワイトの小犬の君はマリトッツォ風

塩辛を口に含んでふと思う（人とはなんと残酷な奴）

石段を登ったうえの神殿にかの蓬莱《ほうらい》の玉の枝あり

あさっての方向に行く……無常にも僕が飛ばした紙飛行機みな

頷《うなず》いて傷ついてゆくその瞳　僕は何人傷つけたのか

誰もかも帰ったあとの広場には誰が置いたか空気の缶詰

一本の孔雀の羽と葡萄酒と鋭利なナイフは僕の友達

水玉のパンツをはいた道化師がお手玉しながら虹の橋ゆく

枯葎《かれむぐら》必要なのは何だっけ？絡《から》んだままで考えている

臍《へそ》の緒をくっつけたまま子羊が喧嘩を売ってる古びたラジオに

広がったポンペイの街　耳押さえ逃げ惑っている　僕はひとりで

石膏《せっこう》の天使の像が泣いている……幽かに弱く鈴振るように
この耳は悪しき事のみ刻むゆえカラフルに咲く花で洗おう
気のせいか仄《ほの》かに温くこれだけでいい……指先にあたれる水よ

いつまでも僕の願いは変わらない、君とおんなじ息を吸う事
艶やかな桜色したコート着て春を歩こう前だけを見て

fly in the sky

僕だった体を抜けて空を飛ぶ　そんな幼い事は言わない

今はまだほんの小さなクスノキもいつかはトトロが住むのだろうか

一叢《ひとむら》の喇八《らっぱ》水仙眠ってる……毒はあるけど本当はいい子

直線を愚直に描いた何度でも……あでやかな花今顕《あらは》れる

落下した白い椿の哀しみは君の巻いてるチョーカーに似る

グラスから零れた光とビー玉と小犬のスケッチ・今日の収穫

ミニカーを握りしめてる少年が口笛ひとつで呼び覚すもの

密やかに咲く春蘭のこの時を深山の氷に閉じ込めておく

触れたなら手が切れそうな石肌に青柳色のペンキを掛ける

窓辺には蝋梅の花、暇だから僕らしくない本を読んでる
細蟹のくもりガラスで作られた偽の氷山何故溶けるんだ
騙《だま》し絵の階段の先……終わらない智恵の輪してる道化師がいる

駱駝《らくだ》から「サヨナラ」されて寂しくて泣いてしまった砂漠の夕陽

春枯れの青空の下妖精《ニンフ》らが泉に落とした銀の指ぬき

バイクから君の背を見る　泣いている?·嘘だろなんで?·ずっと気になる

カーテンを開けたそこからdistanceとる事ばかり考えている

罅《ひび》われたスマホの画面それはいい……修理をすれば直せるヤツだ

わかってるいつもいつもが背のびの日　針で突いたらパーンと割れるさ

幾千の傷が付いてる手摺《てす》りでも（船になりたい夢もあった）と

占いは信じないけど玉子焼き綺麗に焼けた君の笑顔は

捨てられぬ僕の頑固なこだわりに砂糖をかけて捏《こ》ね回している

なんとなく拳玉をして探してる会話の続き　雨が降ってる

僕ひとり潜水艦に乗っている海の底には秘密のお城

沈丁の甘い香りに誘われてフライパン手に男がひとり

電気炉で溶かされていくロボットは昨日まで居たあの案内係《ガイド》だよ

名前ないマクベス夫人は闇の中　墓場に吹ける風は冷たい

流れ来るTriangle襟《えり》立てて行過ぎる人耳たてる犬

一瞬で薙《な》ぎ倒された花達をコロボックルが手に取り踊る

躓《つまず》いて滑って転ぶ人生も楽しく生きる雑草《ただくさ》の歌

三叉路《さんさろ》に渦巻いている溜息は光となるか亡者となるか

軽い気でラスト・オブ・モヒカンを観て苦い珈琲啜ってる夜

宿り木の優しい丸みに励まされ僕もつけよう言葉にま・る・み

今までに僕が落とした言葉めに手が生え足が生えて歩くぞ

踏みつけた芝生の上に落ちていた誰かが落としたハートのチャーム
街角でふと手に取った白い壷いつか僕らが住んでたような
欄干のついた朱色のこの橋を渡れば雲の子供とプーさん

濡れそぼる軌条《レール》がしきりに僕を呼ぶ　打ち捨てられた野原のなかで

僕が持つ最後のカード……どうしよう白紙だなんて言えないよもう

幾重にも喜び哀しみ巻きつけた黒真珠つけ君は人魚に

潰された林檎の兎・鮮やかなステンドグラスの光が差して
突然に襲った雷雨にびしょ濡れで……今日は晴天そのはずだった
存在をひたすら消してマスクして生くしかないかコロナ禍中は

新しく開いたパン屋に行列が　皆楽しげでいとたくましく
教会の鐘が遠くで鳴っている黒衣のマリヤの涙は白く
半神は世界の終りを知っている僕がこれからする事もみな

菜の花に顔を押し付け君は笑む（こんなに明るく笑うんだっけ）

ケンケンパ子供がしてる夕間暮れ、今は未来が見えなくなって

石畳歩く事さえKANASHIKUTE「グウァー」と鳴いて蒼鷺《あおさぎ》が飛ぶ

とりあえず悲しむ事を止めておく　今を乗り切ることだけ思う

手を伸ばし光の中に溶けてみる……どんな僕にもなれるさきっと

その下に居る

頬なでる風に明日を思い出し歩き出せども三叉路に立つ

「何処にある?此処は大丈夫って場所は?」見覚えのない子供に聞かれ

空一杯哀しみという魚泳ぎその下に居る　君に会いたい

石仏に触れれば冷たい魂とドクンドクンと血の匂いして

真っ白い紫陽花を打つ五月雨よ　キエフには今砲弾の雨

水槽の中のウツボが僕に言う「腹が減ったなお前を喰うか」

また一人殺したのかい?·真夜中に赤く汚れたロザリオ埋める

抱きしめて　僕が此処にあることを　許すといって　君よ笑って

野薔薇からノバラが生《あ》れて摘まれてものばらとして生く棘は無くても

トースターでパンが焼けたらたっぷりとバターを塗って至福のひと口

「もういいよ」そのひと言が聞きたくて僕は歩いた嵐の夜も

桃色に眠れる合観《ねむ》は夢見てる優しい腕《かいな》に抱かれる事

重過ぎる荷物を持って小父さんが目の前をゆく見向きもせずに

ラジオから誘《いざな》うようにラップ来て踊り出してるすべてを忘れ

生きてゆく為には何を知ればいい？知らないほうが生きてゆけるの？

大空の塵のひとつの僕だけど諦めたくない夢を持ってる

頂上につくのが少し悲しくて螺旋《らせん》階段最後のいちだん

コンビニでスパムむすびとラテを買い見上げた空は雨が降りそう

掌にひとつふたつの空蝉《うつせみ》を転がしながら今エレベーター

何してる？未来の僕は？何処に居る？君と一緒か？スマホに聞けど

血と汗と溜息達を流しゆく夜中に冷たいシャワーを浴びて

路地裏にずっと住んでる黒猫が喋りかけてる映画のポスター

歩いてる真夏の街を本当は無関心というブリザードの中

愛してる念じるように石ころに顔を書いてるへのへのもへじ

居心地がいいのだろうか酒持ってピエロが踊る僕の頭蓋《ずがい》で

梔子《くちなし》はいつも優しい夕まぐれ　泣いてもいいか君の前だけ

芥箱《ごみばこ》の没になってた企画書をもう一度読む・まだ駄目じゃない

沙羅の木は人の煩悩知るゆえに麗しく咲く花落つるまで

ゆっくりと僕は生きてくそれでいいそれでいいよとかすみ草笑む

虹色のビー玉ひとつお守りに僕は歩こうこの空の下

影を探して

糸杉のディスクトップに指止まる死を自覚したゴッホを想い

優しさをいつも探して貪った　僕は誰かにやさしかったか？

厚切りのマイヤーレモンは酸っぱくて惚《ぼや》けた心に喝を入れられ

空を突くメタセコイアも忙しい・春の装い小鳥の相談

空井戸はキーコキーコと春の歌・繰る人も無い釣瓶の心

傷ついたままで立ってる桜の木枝にはほんのり紅さす蕾

「信じてる」不意に言われて戸惑った……自分自身がわからないのに

勢いで入ってしまった骨董屋探しているのは魔法のランプ

淋しげな犬の遠吠え聞きながら自販機で買う酒と焼鳥

真闇から僕を目掛けて降って来る光の欠片か髑髏の破片

時折に僕から離れていくアイツ・ピーターパンのように探すさ

踏みつけた軌条はひどく錆《さび》ついて白い小花が辺りに笑う

見上げてる桜は今年も鮮やかでひとひらふたひら影つれて散る

飛び立てる鳥は体をひと揺らし迷いを捨てて大空をゆく

はつなつ光る

いにしえの赤い鳥居の物語　逢魔が時に禿《かむろ》がひとり

地の果てでサイコロを振る鬼たちも破っちゃいけないルールがあって

向日葵の種とセシウム露草は赤みを帯びて荒野で嘆く

きれぎれに千切れて飛びゆく中空に哀しマリアは黒き揚羽に

砂山に差さったままのスコップは八月の雨に打たれて眠る

泣き叫び空駆け巡る物の怪は仮面をとった僕の実体

アバターに選んだものはつぶらなる瞳をしてる空飛ぶ子猫

うるわしき水上都市に住んでいる君が育てた子牛はテミス

くるくると硬貨は回り表裏決められなくて直角に立つ

ひとりきりSlow Jamを聞いている　泣いてる顔は見られたくない

気怠くて何も出来ないそんな午後君の帰りが待ち遠しくて

彗星《すいせい》に生み落とされたカプセルに深く隠さる（バルス）の呪文

炎天に燃える小さなサファイアと髑髏を持ったダフネの溜息

傷ついた不死鳥を抱く乙女子と闇を走れる搾取の亡霊

（稲妻を白く凍らせ掻《か》いてやる）かき氷屋の店主の野望

七並べ座敷童子とする夕べ　魔女が作ったトランプを手に

目の前の小さなボルト　何処に居た　何の部品だ　お前は誰だ！

裏山に打ち捨てられた飼育箱　はつなつ光るヘラクレス・黒

渦巻いて人の声とかうずまいて真の声だけ通る耳栓

紅鮭の西京漬けと塩むすび冷たい麦茶にあと生ビール

暁に空が一瞬揺らめいて何かが変わったそれは僕か……否

駆けてゆく　ダイナマイトを身に付けて親指姫はポケットの中

思い切り自信がなくて（大丈夫だよ）と言って欲しくて

水槽に絵の具を垂らして水中花　なかから一匹蛸《たこ》が生まれた

飛ぶ事を忘れてしまった天使達　闘魚になってだるい夏過ぐ

夏の野に隠されていたレダの靴……君が両手で抱きしめていた

晩夏でも神の怒りの雹《ひょう》が降り罪無き幼子打たれて亡くなる

ことばより先ずは行動　言論の大波小波に呑み込まれる前

振り向いて君のいる事確かめて、僕の行く道優しさあふれ

ときめいて未知の世界へ突き進む後悔せずにwho out backward glance
（振り返らずに）

ねむれぬ蛇

俺様がニックボトムを好きなよう　女神が胡桃を噛み砕くよう
君がふと秘密の戸を開くことあれば　摩天楼にも豚小屋あれば
そして今ゼウスが齧《かじ》る丸きもの……地球という名を昔持ってた

十三の瓢箪にある濁酒《どぶろく》は苦くてすっぱくとろりと琥珀《こはく》

欲しいのはセントエルモの光の子　探してるのはポセイドンの槍《やり》

目を開き千年眠った野あざみは嘆きの町を見渡している

一本の龍の木ありて、或る女罅割れた樹皮触りてkissする

気まぐれに僕が拾ったナイフから時々香るブラックコーヒー

僕の骨一本取って作ってる完全無欠なヒューマノイドを

堕ちてゆく夕陽が歌う子守唄薄《すすき》と遊ぶ唐傘小僧

虹立てり　不要となった僕達が山積みされるスクラップ処理場

にがい海貝の屍骸と涙粒湛《たた》えて深く墓原のうた

頭《ず》の中でアラートが鳴る、歩み止め後ろを見ても誰もいないが

蒼ざめた炎天のなか白姫の真白き指が空に伸びゆく

夜《よる》夜《よ》中《なか》ねむれぬ蛇は首をあげ氷れる星はカランバリンと

真闇から刮目《かつもく》せよの声があり蹌踉《よろ》けた足は水溜りの中

閉ざされた扉に深く刻まれた逆さ十字架黒く淋しく

黒猫が角を曲がって医者になる　俺は今から魔法の修業に

紫陽花の花びらポロポロ零れるを地に落ちる前射止めるゲーム

暗闇にハンターズムーン竹林は囁きを止め君は笑顔で

空地からMack the knifeが聴こえ来て歌っているのはミッキーマウス

君がいて僕がいるからこの街はこんなに愛しく輝いている

掌の小さな玉章《たまずさ》、指間から夕陽を零して優しく笑う

透明な扉の向こうへ置いて来た隋天使《サタン》の愛した操り人形

空間に物を詰め込み過ぎたから怒ったアイツに今潰される

雨降るを静かに見詰めカタルシス　誰かの犠牲をダレかが求め

たくさんの四角い箱を積み上げた街はもうすぐ動きだすから

死んだ振りしていた蟻が顔あげてニヤッと笑って何処かへ行った

坂道を転がる林檎が飛び込んだ少女の胸でアップルパイに

屋根裏の三角窓から顔出して「オーイ」と呼べば「オーイ」とかえる

モノローグ

ラーメンに君が作った目玉焼きのせてハロウィンの夜は更けてゆく

霜月の空に黄色の蝶が飛び女がそれをしみじみと見る

こんな日は秋刀魚のぶつ切り唐揚げを作ってみよう……骨ごと喰らう

連絡をはなれし貨車はあくがれた星空のなか銀笛を積み

しかもなお人はためさるコロナ禍で人の温もり逃げ水のよう

直売の冬菇《どんこ》の厚みうつしみの人皆さむき夜を噛みしめる

いつしかに嘘をつく事覚えしか優しげに見ゆ冬の木漏れ日

雪の朝一輪咲いた白梅は君の元気な電話の前触れ

ほろ苦い春の香りに笑み零る天麩羅《てんぷら》にした蕗の薹《とう》食み

春ゆえに風は優しく微笑んで街の古びた遮断桿《しゃだんかん》揺る

幼児らと遊びたかったか春雨は　滑り台とか鞦韆《ぶらんこ》も空《から》

桜散る兵丹池《ひょうたんいけ》は夢の中　嘴広鴨《はしびろがも》はぐるぐるまわる

マスクつけ帽子を被ってサングラス、ほぼ不審者で春の街ゆく

切株の根元に咲ける野路菫《のじすみれ》無限カノンが空から聞こゆ

花蘇芳《ユダノキ》は深桃色に化粧してハートの手紙を青空に出す

淋しかり田中邦衛の亡くなりて元気な姿また見たかった

そうだけど・思うけれども・わかるけど繰り返す日々花みずき揺る

豆御飯今日こそせむと莢《さや》取れば豆はわらわらボウルに集う

ほやほやの代満《しろみて》の田はひかり満つ生きづらき世も風はさやけし

車椅子・介護タクシー揃わねば医者にも行けぬ母の現実

気になって仕方ないのは靴ひもが片方とけたまま歩く君

じっとりと汗ばむ肌に吸い着いたこのシャツよりも地獄のマスク

あったよね、昔の家の縁側にくつぬぎ石は確かにあった

三色のスリーアギトス青い空赤いトマトに緑のサラダ

安全な部屋から眺める画面には譲歩できない人の情熱

太陽が嫌いな奴もいるはずさ　向日葵畑は火薬の匂い

朝顔は今朝も十三笑みており野辺の地蔵もわらっておわす

コロナ禍と言い訳をして怠ってた歯科検診に今日は行きます

聞いてみる「幸せですか！元気なの？」昔作ったトーテムポール

突然の中止の知らせも慣れっこで「なんくるないさ」と呟いてみる

ほろほろと咲き乱れいる杜鵑草《ほととぎす》秋気が深々身に迫り来る

玉章をひたすら待ちて凍えいる吾《あ》の掌に雪のひとひら

金片《きんぺん》をはつか残れる月蝕の闇空通る赤きライトが

くたびれた師走の空にひとふりの長き剣《つるぎ》が浮かびて笑う

だんだんと過去と未来が文色《あいろ》なきものになりゆく・私はわたし

しらしらと師走の雨は降り注ぐ去りゆきし人出会いし人にも

冬草のなかから我れを覗《のぞ》いてる　あれは昔に捨てた人形

「帰ろうか」呟き帰る家のある自分に気づくいまさらながら

ゆずの肌パクリと割れて湯の底に沈みて浮かぶ我れの分身

パンパラリパンパンパラリパンパラリ屋根の上では雨の子唄う
サラサラと茶漬けを食めば少しだけ心が軽く生きられそうな
空までが（お待ちください）思い切り翼ひろげて飛びたきものを

乾いてる心の嘆きを知るように僕を包んで小糠雨《こぬかあめ》降る

茄子味噌煮くたくたと鍋の中（お前は何になりたかったか？）

若葉雨慈愛のように濡らしゆくセイヨウトチノキ　キエフのシンボル

泣きながら国境一人で越える童《こ》のTik Tokがウクライナから

日本の竹槍訓練思うよな木製小銃のキエフの演習

大義なきウクライナ侵巧は否　すべての命愛し尊し

望んでも許されないと分かる時人は瞳に海を湛《たた》える

法《のり》面の枯草を焼く白煙《しろけむり》それを見上ぐる農夫の背と背

春光《はるかげ》に昔のごとき騒めきを知らず知らずに探して歩く

凍らせた心をポンと湯煎して美味しいケーキと紅茶を飲もう

立ち込めた雲を抜ければ青空が待っているから一歩踏みだす

ざくざくと氷を食めば頭《ず》の中に小さな湖ひんやり出来る

コロナ禍の遮断棒降り二年半地団駄踏めどもあかずの踏切

体中ダイヤモンドが刺さる夢昨日聞いてたレコードのせい

いづくより生まれる恐怖　来る人過ぐ人仮面をつけて

融けてゆく冷凍をした悲しみが新しく来た哀しみと会い

広島に原爆投下されてから七十七年の時が流れて

終戦時童《あに》の背にいし包帯の幼児の名前は竹本秀雄

「ありがとう」「人をほめましょう」「ごくろうさま」竹本さんの魔法の言葉

（忌わしいあの日も空は晴れていた）ファットマンを投下さるる前

被爆国《わがくに》と核保有国が批準せぬああ核兵器禁止条約

乾いてる音しか出ない木となって僕は真っ直ぐ砂漠に立とう

雪の原黒き兎が踊る夜のっぺらぼうの月が昇れり

廃墟から虹が立ちゆく（安らかに憩える日々を早くください）

春という光の渦にあこがれて蕾は開く・花そして人

竹の花咲いたその年姉は逝き私は来年古希を迎える

三ヶ月一度付き添う通院も母は私が誰かわからず

たらちねはもう通院もいらなくて残された日々穏やかであれ

父が逝き十年経って母もいった安濃津の海も今夜は静か

大鍋をひっくり返したような雨母の荷物を運ぶ車に

とにかくはやらねばならぬ事数えひとつひとつと……子の務めゆえ

我れ自身痛む膝など摩《さす》りつつあの坂この坂今日まで来たが

大雨の次は茹《う》だるよな暑さ来て今この街は鉄板のうえ

人間て何なんだろうあさましきニュースばかりを聞かされている
（出来ない）が大前提の世の中でテロと闘う人達も居て
どんな世も頑張っている人はいる優しき歌を聞きつつ思う

目の前で起こる事さえ手に余るたかが人間それでもニ・ン・ゲ・ン

まさに今古典の短歌と現在《いま》のうたどろどろ溶けて混ざり合う時

ゆうぐれに拾った青い嘘ひとつ　ふわっと空に戻してやった

夕ぐれに窓をトントン叩くのは嵐ヶ丘のキャサリンなのか
いつだってほんの少しの優しさを求めて人は生きてゆくのさ
核兵器禁止条約批准せぬこの被爆国七十八年の闇

中秋に母卒哭忌《そっこくき》は終予し墓地の片隅曼珠沙華笑む

根元から腐って倒れた大木の切り株のうえ名も無い花が

プレミアム商品券はたちまちに我が生活に蕩《とろ》けて消えた

若人《わかひと》の八冠制覇のニュース聞き思い出してる羽生氏の七冠

ガ・ガ・ガーと油圧《ゆあつ》ショベルで容赦なく剥《む》き出した壁に夕陽が差して

どこにでもあるよな丸い石持ちて目鼻を描けばさあ幕が開く

――完――

著者プロフィール

樋田 由美

一九五四年　四月三十日生

二〇一四年　コスモス短歌会入会

ねむれぬ蛇

二〇二四年九月二十二日　初版第一刷発行

著　者　樋田由美

発行者　谷村勇輔

発行所　ブイツーソリューション

〒四六六・〇八四八

名古屋市昭和区長戸町四・四〇

電　話　〇五二・七九九・七三九一

ＦＡＸ　〇五二・七九九・七九八四

発売元　星雲社（共同出版社・流通責任出版社）

〒一一二・〇〇〇五

東京都文京区水道一・三・三〇

電　話　〇三・三八六八・三二七五

ＦＡＸ　〇三・三八六八・六五八八

印刷所　モリモト印刷

ISBN978-4-434-34281-3